LE NORMANT SOVRT, AVEV-GLE ET MVET.

ENSEMBLE VN DIA-logue entre Jean qui sçait tout & Thibaut le Natier.

contre le mareschal d'ancre

A PARIS,

Chez ABRAHAM SAVGRAIN, ruë
S.Iacques au deſſus de S.Benoiſt.

M. DC. XVII.

Iouxte la coppie Imprimée à Roüen, Auec permiſsion

LE NORMANT
SOVRT, AVEVGLE ET MVET.

ENSEMBLE VN DIA-
logue entre Iean qui sçait tout
& Thibaut le Natier.

E suis sourt, aueugle & muet,
Et si ie sçay bien des affaires,
Ie tiens dans ma main vn liuret,
Duquel ie ne me soucie gueres,
Où estes vous langues legeres,
Qui sçauez si bien discourir,
Leuez l'aubert de vos paupieres,
Car il n'est plus temps de dormir.
 La nature me fait sçauoir
Que nous allons auoir la guerre,
L'on voit par tout cest estranger
Venir assieger nostre terre:
Vn quidan que l'on tient en serre,
Afin de briser comme vn verre,
Ces chaux Coyons d'Italiens.

Ces chaux Coyons d'Italiens.
Tous les François sont fort esmeus
Au temps present là où nous sommes,
Voyant des hommes incognus,
Lesquels ne sont pas Gentils-hommes :
A Dieu nos bleds, poires & pommes,
Qui croissent au terroir Normand,
Estant mangez par plusieurs hommes,
Portant ce beau nom de Gourmand.

Le poisson doux se voit ià prins
Nourry dans le fleuue de Seine,
Et nos beaux bœufs à gras trotins
Vn Monsieur les tient à la chaine :
L'or & l'argent de ce domaine,
Va estre seellé & bridé,
Où estes-vous grand Capitaine
Mal-heur de vous voir decedé.

Pionniers sont de toutes parts,
Auec picquois par nos campagnes,
Soustenus d'vn nombre de soldats,
Venus des hautes Allemagnes,
François gardons ceux des Espagnes,
D'autant qu'ils sont mauuais garçons,
Ils tiendront plus fort que des taignes,
Estant entrez dans nos maisons.

Ie suis fasché belle Themis,
Qui laissez fouler la patrie,
N'estes-vous point des bons amis
De ce grand Coyon d'Italie :
Or Adieu pauure Normandie,
Si tu n'as bien tost du repos,
Pour soulager ta maladie,
Que souffres portant trop d'impots.

Où sont les nobles du grand Mars,
Qu'ils ne deffendent la Prouince,
Seroyent ils bien venus coüards,
Pour en voir vn qui n'est pas Prince,
Plusieurs sont subiects à la pince,
Qui causent nombre de dangers,
Gardons nous bien d'vne surprinse
Et de deslante d'estrangers.

L'on dit que plusieurs Gouuerneurs,
Honore le coyon Conchine,
C'est le suiect de nos malheurs,
Si Quille-bœuf on ne ruine:
Prions ceste bonté diuine,
De seruir tousiours nostre Roy,
Tel se voit faire bonne mine,
Qui pourra choir en desarroy.

Le tiers Estat s'aduance au pas,
Pour descouurir sa douleance,
Il craint que l'on n'entende pas,
Le mal qu'on souffre dans la France,
Il ne peut plus viure en souffrance,
Sous les differens de la Cour,
Par sa tres-douce remonstrance,
Demande paix au temps qui court.

Clergé priez le Souuerain,
Qu'il fasse fin à ce discorde,
Que nostre Roy doux & humain,
Puisse viure en paix & concorde,
Dieu faites nous misericorde,
Et voir nos Princes bien vnis,
Que ce grand different s'accorde.
François cryons viue L o v y s.

Dieu garde le Roy.

DIALOGVE ENTRE IEAN
qui sçait tout, *&* Thibaut
le Natier.

Thibaut le Natier.

Ean qui sçait tout dictes-moy les nouuelles
Du bruict qui court en ce pays François?

Jean qui sçait tout.

Voisin Thibaut les nouuelles sont telles,
Qu'vn Goliath est mort à ceste fois,
Ce fier Geant par son outre-cuidance,
Vouloit rauir la Palestine France
Mais ce bon Roy inspiré du grand Dieu
Comme vn Dauid l'a mis hors de ce lieu,
Où il faisoit bastir vne Rochelle,
Pour mieux tenir les François en ceruelle,
Et se monstrer vn iour leur souuerain.

Thibaut.

Dieu qu'est cecy, ô le grand coup de main!

Iean.

Ce n'est pas tout Thibaut tu dois entendre
Que ce tyran faisoit par tout estendre
Son vain pouuoir pour dompter nostre Roy,
Tous les François estoyent en desarroy,
De ceste Cour auoit bany les Princes,
Et ruinoit nos Françoises Prouinces,
En y logeant des cruels estrangers.

Thibaut.

Dieu quels dangers,
Iean qui fçait tout ne dit-on autre chofe?

Iean.

Ouy, ouy Thibaut ie n'ay la bouche clauſe,
Vn bruict commun eſt du traiſtre meſchant,
Qui conſpira contre Henry le Grand,
Et qu'il eſtoit de la cruelle bande
D'vn Rauaillac, qui eſt dans la legende
Des mal-heureux, fouffrant dans vn Enfer,
Ce Coyon mort, mandé du Lucifer
Pour comparoir dans l'infernalle ſalle,
Où eſt iugé la troupe deſloyable
Pour les punir chacun de leur mal-fait.

Thibaut.

Dieu quel effait.

Iean.

Eſcoute moy Thibaut tu dois cognoiſtre,
Que ce Coyon aſpiroit à ce ſceptre,
Que tient en main ce puiſſant Roy Louys,
Et de iouyr des ſainctes fleurs de Lys,
Par ces Eſtats qu'il auoit par fineſſe,
Sous le viel fort de ſon enchantereſſe,
Qui enchantoit le Roy & ſon conſeil.

Thibaut.

Quel appareil.

Iean.

Voiſin Thibaut ie te veux icy dire,
Que ce Maran auoit ià fait eſcrire
Sur du papier, nombre de blancs ſignez,
Pour mieux tenir les François obligez,
A luy payer rançon inſuportable,
Eſtant monté au ioug de Conneſtable

Euſt fait occir Roy, Princes, Gouuerneurs?
Thibaut.
Quelle pytié, ô ſiniſtres malheurs !
Jean.
L'on dit Thibaut que ſous ſa tragedie,
Faiſoit leuer par tout gend'armerie,
Pour s'inſtaller à la place du Roy,
Sous la faueur du nom de vice-Roy,
Les bons François euſt declaré rebelles,
En refuſant ſes œuures criminelles,
Chacun trembloit ſous ſon fatal pouuoir
Sa fin ſe voit d'Aman le vray miroir.
Thibaut.
O le grand heur d'eſtre hors de martyre !
Jean.
Thibaut l'on dit qu'il domptoit la iuſtice,
Pour ne ſe voir chaſtiez de ſon vice,
A tous pechez prenoit ſon paſſe-temps,
Sous ſon Demon paſſoit ainſi le temps,
En luy regnoit cruauté & l'enuie,
Luxurieux c'eſt veu toute ſa vie,
Pour aſſouuir tous ſes plaiſirs mondains.
Thibaut.
Dieu quels deſſains.
Jean.
Thibaut l'on dit que ſa vieille Megere
Eſt à preſent dans Paris priſonniere,
Sans aucun poil du pied iuſqu'aux cheueux,
Rien ne luy ſert ſon ſort ny ſes faux Dieux,
Encore moins ſa foudre & ſa magie,
A vn magot paroiſt ſon effigie
Rage, tremeur la met en deſarroy,
En redoutant la Iuſtice du Roy,

Inceſſamment

9

Incessamment inuocque sa clemence,
Mais elle n'est atteinte d'innocence
Du trouble mis dans le François Estat,
Pour y loger Conchin par attentat:
Qui la veut voir proche deProserpine,
Où l'on l'attent pour faire lacuisine,
Du relicat de ce cruel Conchin,

Thibaut.

O coup diuin!

Iean.

Thibaut l'on dit que ces braues Cyclopes,
Veulent auoir les estrangeres tropes,
De ce Coyon perside desloyal,
Vray ennemy de tout le sang Royal,
Qui desiroit ruyner nostre France.
Et nous ranger au ioug de leur puissance,
Sous ce Bachas qui c'est veu terrasser,
Trainé, pendu bruslé sur le bourbier,
L'air en a prins la cendre mal-heureuse.

Thibaut.

O iournee tres heureuse :

Iean.

Thibaut l'on dit que les chefs de Lorraine,
Font retirer soldats & Capitaine,
Par le vouloir de nostre Roy Louys,
Pour mettre en paix les Francois du pays,
Sus estrangers pliez vostre bagage ,
Vous n'aurez pas nostre bien au pillage,
Tout vos desseins sont enterrassez en bas.

Thibaut.

Dieu gard celuy qui tua Golias.

B

COMPLAINCTE
lamentable.

Sur le chant, Dames d'honneur.

Obles François ie vous prie à
mains iointes,
D'auoir esgard à mes tristes
complaintes,
Les grands tourmens que por-
te dans mon cœur,
Me causeront toute ma vie douleur.
Damnable sort detestable magie,
Par qui ie dois vn iour perdre la vie;
Si le bon Roy ne prend pitié de moy
Mon corps sera mis en piteux arroy.
Helas, helas! ou estoit ma croyance?
Quand par mon sort i'ay troublé ceste France,
Pour agrandir mon mal-Heureux mary,
De mes mal-heurs i'en ay le coeur marry.
O iour fatal maudite destinee,
Si ie me voy dans vn enfer damnee,
Mieux m'eust vallu mourir a mon berceau,
Que de finir par les mains d'vn bourreau.
Malheureux est qui se fie à fortune,
Par les grandeurs ie suis trop importune,
Obeissant au vouloir de Conchin,
Plusieurs tourmens i'auray pour mon butin

Qui rend bien plus mon courage debille
C'eſt que ie crains que ma pauure famille,
Ainſi que moy ne faſſe ſon treſpas,
Et qu'ils ne ſoyent ſurprins dans mes apas,
    Pour me ſauuer de cruelles miſeres,
Rien ne me ſert demons ny carracteres.
Ny mes treſors, ny riches affiquets.
N'empeſcheront mes douleurs aux gibets.
    I'ay vn regret dedans ma conſcience,
D'auoir quitté mon pays de Florence,
Pour m'en venir tourmenter les François,
Qui n'ont pitié de mes funebres voix.
    Dames prenez exemples à mon martire,
Et ne troublez Royaumes ny Empire,
Pour vos maris ne vous faites damner,
Le mien me fait à la mort condamner.
    Mon Dieu, mon Roy, l'Egliſe & la Iuſtice,
Pardonnez moy mes pechez & mon vice,
.Il vaudroit, mieux iamais ne marier
Que d'aller prendre ſi meſchant Menuſier.

FIN.

RESIOVISSANCE
SVR LE CHANT,
De viue la fleur de Lys.

DIEV tout plein de puissance,
Faict voir aux bons François
L'honneur & la vaillance,
De ce Roy Bourbonnois,
Ayant en son ieune aage,
Dompté ses ennemis,
Chantons de bon courage,
Viue le Roy Louys.
   Le Roy tres-debonnaire,
Trauaillé de partir,
Soubs vn sorcier corsaire,
Qui nous faisoit languir,
Par la ferueur diuine,
Ce monstre fust surpris,
Et sa trouppe mutine,
Prisonniere à Paris.
   Entrant dedans le Louure,
Hardi comme il souloit
Sur son chef se descouure,
Cinq coup de pistolet,
Son fatal carractere,
Ne luy seruit de rien.
Veu mort sur la poussiere,
Se fust vn tres grand bien.

Vne voix solitaire,
Alors vint demander,
Qui a fait telle affaire,
Noſtre Roy va parler,
Dit en haute parolles,
Qui fuſt ſans nul effroy,
Ie n'ay plus de controlle,
Eſtant maintenant Roy.

Le corps fut mis en terre,
Pour luy trop grand honneur,
Le peuple le deterre,
Pour voir ceſt enchanteur,
Qui enchantoit la France,
Pour s'en faire le chef,
Heureuſe deliurance,
De luy voir ce meſchef.

Ce peuple en ſa furie,
Sans le mandat du Roy,
L'ont mis en la voirie.
Par ſon grand deſarroy,
Apres l'ont eſté pendre,
Et bruſlè par mourceaux,
Sa malheureuſe cendre,
L'exempte des corbeaux.

Par ſon ſort incurable,
Princes eſtoient bannis,
De ce corps indomptable,
Du treiſieſme Louys,
Tenant ſoubs ſa puiſſance,
Du bon Roy le Conſeil,
Voulant en ceſte France,
Eſtre le Vray Soleil.

Ce Coyon par finesse,
Auoit plusieurs soldats,
Pour reduire en tristesse,
Tous les pauures Picards,
Quittant la Picardie,
Vint auec ses tyrans:
Dedans la Normandie,
Gourmander les Normands.

Le glouton Bargamache,
Estant leur gouuerneur
Tira le bon pont de l'Arche,
Des mains d'vn bon Seigneur,
Non content des richesses
Il voulut auoir Caen;
Ses subtiles finesses,
On fait maints pauures gens.

Ce cruel infidelle,
Pour faire vn monde neuf
Faisoit vne Rochelle
Au fort de Quille-beuf,
Les ports & les passages,
De Seine & de la mer,
Vouloit mettre en ses gages,
Pour se faire resgner.

Dieu qui sçait toutes choses,
Y a mis les deux mains,
Par des metamorphoses,
Fait fin à ses desseins
Massons & gens de guerre,
Comme ceux de Babel,
Sont renuersez par terre,
Et leur Luciabel.

O ioyeuses nouuelles.
Pour tous les bons François,
De voir nos infidelles,
Domptez d'vn Bourbonnois,
Esgayez vous bons Princes,
Embrassez nostre Roy,
Par toutes ses Prouinces,
Vous maintiendra sa foy.

  Confreres de Conchine,
Au Roy vous faut ceder,
Et vons sa Merluzine,
Il vous conuient trembler.
L'on dit par tout le monde,
Que vostre Mareschal,
Dans enfer fait sa ronde,
A pied sans nul cheual.

  François prenons courage,
Nous allons voir la paix,
Bleds & fruicts au village
Paroistront a grand faix,
L'Eglise, la Noblesse,
Marchands & Laboureux,
Sautez en allegresse,
Voyans morts nos haineux.

  O l'heureuse iournee !
De voir vn tel effet,
De Dieu estoit donnee,
Pour punir le forfait
De ce beau Marquis d'Ancre
Qui troubloit les François,
Dedans l'air est a l'ancre,
Pour le rendre aux abois.

Dieu ſoit ma ſauue-garde,
Et mon bon Roy Louys,
Soldat ie ſuis en garde,
Pour les trois fleurs de Lys,
Meſſieurs de la Iuſtice,
Excuſez ceſt autheur,
Compoſant ſans malice,
Ce ſubiect tout plein d'heur.

Dieu garde le Roy.

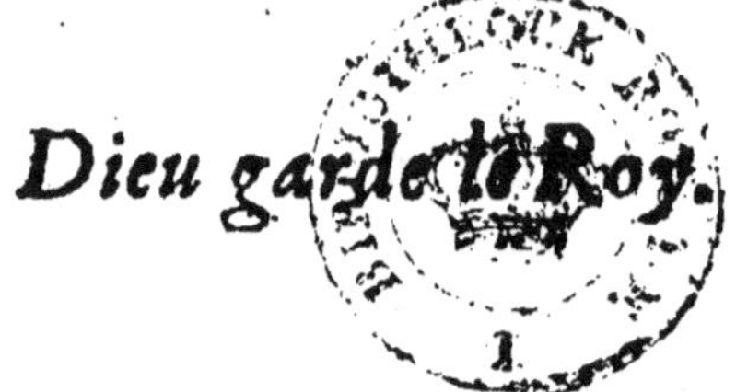